I0547051

D

# Vos Morts ne sont pas morts.

« Vivent mortui tui » : « *Vos morts vivront.* »

*Isaïe* : Chap. xxvi, Verset 19.

« *Ces héros ne sont pas morts.* »

Le général Passaga, dans son
ordre du jour à ses troupes de
Verdun, le 18 décembre 1916.

## ORAISON FUNÈBRE

PRONONCÉE

EN L'ÉGLISE NOTRE-DAME-DES-VICTOIRES, A ROANNE

*Le 20 Novembre 1916*

Au Service religieux célébré par les soins de la Croix-Rouge,
pour les Soldats et Officiers de cette ville,
tombés au champ d'honneur.

LIBRAIRIE CATHOLIQUE EMMANUEL VITTE

LYON
3, Place Bellecour.

PARIS
Rue de l'Abbaye, 14.

1917

# Nos Morts

## ne sont pas morts.

904/0

NIHIL OBSTAT
Lugduni, die 8ᵃ januarii 1917.
X, *Censor.*

IMPRIMATUR
Lugduni, die 9ᵃ jan. 1917.
† JOANNES, *Episc. Hadr.*,
*Auxil. Lugd,*

## Abbé E. SIRECH

Aumônier des Lycées de Lyon.

# Nos Morts ne sont pas morts.

« Vivent mortui tui » : « *Vos morts vivront.* »

Isaïe : Chap. xxvi, Verset 19.

« *Ces héros ne sont pas morts.* »

Le général PASSAGA, dans son
ordre du jour à ses troupes de
Verdun, le 18 décembre 1916.

## ORAISON FUNÈBRE

PRONONCÉE

### EN L'ÉGLISE NOTRE-DAME-DES-VICTOIRES, A ROANNE

*Le 20 Novembre 1916*

Au Service religieux célébré par les soins de la Croix-Rouge,
pour les Soldats et Officiers de cette ville,
tombés au champ d'honneur.

## LIBRAIRIE CATHOLIQUE EMMANUEL VITTE

**LYON**

*3, Place Bellecour.*

**PARIS**

*Rue de l'Abbaye, 14.*

1917

*Je dédie ces modestes pages aux Dames de la Croix-Rouge de Roanne (Loire).*

*Je ne les livre au public qu'après m'être efforcé de les garder dans le silence qui me paraissait leur convenir.*

*J'ai dû m'incliner devant la volonté opiniâtre de ces femmes de bien, auxquelles je renouvelle l'hommage de ma très religieuse admiration.*

E. S.

Le 8 janvier 1917.

Le 10 mars 1687, en l'Eglise Notre-Dame de Paris, notre immortel Bossuet, prononçait l'oraison funèbre, du prince de Condé. Parlant du grand roi Louis XIV qui avait ordonné un solennel service religieux en l'honneur du héros pleuré par la patrie, il s'écria : « Il assemble dans ce temple si célèbre tout ce que son royaume a de plus auguste pour y rendre des devoirs publics à la mémoire de ce prince. » Montrant alors du doigt le catafalque liturgique qui rappelle avec précision les quatre planches qui emportent nos os au cimetière, il ajouta : « Il veut que ma faible voix anime toutes ces tristes représentations et tout cet appareil funèbre : faisons donc cet effort sur notre douleur. »

Si poignante qu'ait été la cérémonie de 1687 à Notre-Dame de Paris, celle qui se déroule en ce matin du 20 novembre 1916 à Notre-Dame-des-Victoires de Roanne la dépasse, et de beaucoup, en majesté et en douleur. Je vois, sans doute, ici assemblé tout ce que votre ville compte de plus éminent dans les ordres civil et militaire, de plus généreux dans tous les ordres du dévouement, de plus éprouvé dans l'ordre national du sacrifice. Mais là-bas, il s'agissait d'un seul héros ; ici, nous en honorons des centaines, peut-être un millier. Condé mourut paisiblement à Fontainebleau, dans un splendide château, dans un bon lit, entouré de ceux qu'il aimait, et dont, dit Bossuet, « les sanglots éclataient de toutes parts ». Nos morts, eux, sont tombés, dehors, face à l'ennemi,

et dans les bras de notre mère à tous : la France. Leurs
cadavres se sont effondrés dans la boue des tranchées,
ou dans la flaque rouge de leur sang. Ils n'ont eu pour
les pleurer, à l'heure précise de leur trépas, que les larmes des étoiles du firmament.

Pour célébrer vos morts, il faudrait avoir de Bossuet
et le génie et l'éloquence. Je n'ai, hélas ! ni ceci, ni cela.
Je ne suis qu'un simple prêtre qui aime passionnément son pays et qui, depuis 840 jours que dure la guerre,
a conscience de n'en n'avoir pas vécu un seul, sans prê-
cher la confiance nationale et chrétienne soit à ses disci-
ples, soit aux fidèles assemblés dans les temples saints.
Qu'il me soit permis, pourtant, pour me consoler de
mon insuffisance, de vous dire que de Bossuet, je crois
avoir imité la docilité et ressenti la douleur. Sa docilité,
je l'ai imitée, en acceptant la charge, qu'il accepta, lui,
d'un roi illustre, et moi, de la femme dont vous connaissez
tous l'inlassable dévouement, et dont la Croix-Rouge a
fait sa très aimable présidente. Sa douleur, je l'ai res-
sentie, hélas, bien des fois, depuis le 2 août 1914, étant
de ceux dont les morts de la guerre brisent le cœur sans
répit, puisque chaque semaine m'apprend la fin glo-
rieuse de quelqu'un de mes fils, tombé sous la mitraille
allemande, et près duquel j'aurais voulu agenouiller
ma soutane de prêtre, pour remplacer, à l'heure de son
dernier soupir, la robe de sa mère éplorée.

« Faisons donc effort sur notre douleur », et laissez-
nous célébrer devant vous — ne devrions-nous pas dire,
vous révéler? — la seule consolation possible à tous les
cœurs brisés qui sont ici, à toutes les douleurs qui san-
glotent, à toutes ces femmes vêtues de crêpe, nouvelles
*Mater dolorosa*, gravissant le Calvaire de la France.

Cette seule consolation est celle qu'enfante la Religion. Je dis bien, la Religion tout court, et cela par dé-

férence pour toutes les religions mêlées ici dans la communauté de la souffrance, agenouillées devant des frères, des Français, tous morts pour leur commune mère, la France immortelle.

Mais, prêtre catholique, parlant dans une église catholique, je dois vous apprendre quelle consolation vous apporte notre chère Religion catholique. Cette consolation, elle la chante : *Beati mortui*. « Les morts sont des bienheureux. » Elle veut que nous pensions *que nos morts ne sont pas morts*, qu'ils sont bien vivants, là-Haut, chez Dieu, dans le bonheur infini, dans la paix éternelle, au Paradis !

Je laisse la parole à l'autorité de la Sainte Eglise Catholique notre Mère.

En 1915, Son Eminence le Cardinal-Archevêque de Paris, prononçait dans la Sainte-Chapelle, rendue au culte pour la circonstance, et devant le Président de la République, l'oraison funèbre des membres du barreau morts à l'ennemi, et il disait : « Ils ont paru à ce tribunal suprême, ces chers morts, à l'heure où, frappés par la balle meurtrière, ils exhalaient leur dernier souffle. Ah ! peut-être, quelles que fussent les vertus de leur vie, s'y était-il mêlé quelqu'une de ces faiblesses, dont les meilleurs ne sont pas exempts. Mais en regard de ces fautes, quelle éloquente plaidoirie s'élevait en leur faveur de leurs souffrances et de leur sang..... Dieu, *nous n'en pouvons douter*, a entendu cette voix ; il y a répondu, s'il en était besoin, avant le dernier soupir, par une grâce de repentir et de pardon. »

Le plus illustre évêque du monde, parce que le plus malheureux et le plus indomptable, le cardinal Mercier, dans sa lettre pastorale de janvier 1916, lettre qui a eu la bonne fortune de flageller jusqu'à la moelle la barbarie allemande, a écrit : « Si vous me demandez ce que je pense du salut éternel d'un brave qui donne consciemment sa vie pour défendre l'honneur de sa patrie, et venger la justice violée, *je n'hésite pas à répondre que, sans aucun doute*, le Christ couronne la vaillance militaire, et que la mort, chrétiennement acceptée, assure au soldat le salut de son âme. »

Dans le cimetière de la ville de Metz — Metz allemande aujourd'hui, et demain française à nouveau — on admire un superbe mausolée élevé par les souscriptions des grandes dames de cette ville, en l'honneur des 7.203 officiers et soldats français, morts en 1870-71 dans les hôpitaux ou les ambulances de la cité; tout en haut de la colonne de granit rouge qui termine le monument, on lit ces mots : « Ils ont fini leurs jours mortels en leurs devoirs et dans l'obligation de leurs serments. Cette sorte de fin est excellente. *Il ne faut pas douter* que Dieu ne la leur ait rendu heureuse. » Ces paroles sont de saint François de Sales, docteur de l'Eglise universelle.

Enfin, voici que la Sainte Eglise elle-même vient de chanter au cours de son « Dies Iræ », le cantique de l'Espérance infinie.

> « Qui Mariam absolvisti,
> « Et latronem exaudisti,
> « Mihi quoque spem dedisti. »

Chacun de nos morts, ce matin, reprend à son compte la strophe de la Sainte Eglise, et s'adressant au Juge Souverain, lui dit :

> « Marie-Madeleine par vous fut pardonnée.
> « Le larron, par vous fut exaucé.
> « A moi aussi vous avez donné l'Espérance. »

*Mihi quoque !* A moi aussi !

— Sur Madeleine la courtisane humiliée vous avez abaissé le regard de votre miséricorde, à l'instant où sur vos pieds divins elle répandit les parfums qui lui servirent à accumuler ses scandales ; il suffit que le vase précieux qui contenait le voluptueux appât fût brisé, pour que vous lui donniez le paradis de votre amour.

Moi aussi, Seigneur, sous vos yeux, l'obus allemand en me frappant a brisé le vase précieux qui contenait ma vie, mon sang. Mon sang, je l'ai versé pour la France, jusqu'à la dernière goutte ; tout parfumé de mon amour pour la patrie, mon sang est plus précieux que les parfums de Madeleine : à moi aussi le Paradis que vous lui avez donné !

— Un bandit agonisait près de vous sur une croix, au soir du Vendredi Saint. Il vivait de ses crimes comme d'autres de l'air du temps. Il est tellement le rebut de l'humanité, que seule la mort est capable d'expier ses forfaits. Il ose vous demander une place en votre Paradis ; fermant votre oreille à la voix de ses crimes vous l'ouvrez à sa requête, et vos lèvres lui assurent qu'il aura, aujourd'hui même, *Hodie*, sa place au Paradis !

A moi aussi, Seigneur, votre Paradis ! Je ne suis pas un bandit, moi. Je n'ai rien volé, si ce n'est aux Allemands la gloire d'une victoire dont ils sont indignes. Je n'ai tué personne, si ce n'est ces monstres dont il devient nécessaire de libérer l'Europe. J'ai du sang sur la main : oui, mais c'est du sang d'Allemands qui combattaient comme moi. C'est le sang du devoir accompli. Je n'ai pas, moi, comme eux du sang innocent sur les doigts. Je n'ai tué ni enfants, ni prêtres, ni religieuses, ni vieillards. Je n'ai pas tué du haut d'un zeppelin des familles entières endormies au sein d'une nuit tranquille. Je n'ai pas noyé au fond des Océans des vies humaines

abritées dans les flancs du *Lusitania*. Je n'ai rien du cri-
minel, rien du barbare, rien de l'Allemand. J'attends
en échange de la contrition que je ressens pour les fautes
de ma faiblesse, en récompense de mon courage et de
ma mort, votre Paradis. Je l'attends, *Hodie*, aujourd'hui,
comme vous l'avez donné au larron qui selon la parole
d'un Père de l'Eglise, vous vola, en quelque sorte, le
Ciel dont vous êtes le Roi. Pour moi, comme pour lui,
Seigneur, le jour de ma mort, fut mon Vendredi Saint ;
et le parapet de la tranchée sur lequel j'ai succombé fut
mon Calvaire. *Mihi quoque*, à moi aussi. *Hodie*, aujourd'hui !

\*\*\*

Vos chers morts en possession du repos éternel, ne
reposent pas leur action en faveur de la France qu'ils
contemplent sans cesse à travers les lumières infinies
de leur sainte demeure. Ils continuent à servir la Patrie
et à plaider près de Dieu la cause de notre victoire.

Bossuet dans son incomparable sermon sur l'Ascen-
sion de Notre-Seigneur, nous montre Jésus se présen-
tant à Dieu son Père, et à sa droite s'asseyant pour l'éternité. Il s'emploie dès lors à plaider la cause de l'humanité
coupable. « Avocat, s'écrie Bossuet, le Christ l'est au-
près du Père. L'avocat sollicite, presse et convainc ;
et Jésus prouve qu'il *nous faut faire miséricorde*..... Et
quelle raison emploie-t-il ? Il montre ses blessures récentes, toutes vermeilles de ce sang divin..... et le Père
s'attendrit sur Lui, et pour l'amour de Lui, regarde le
genre humain en pitié. »

Vos morts associés à la Passion rédemptrice de Jésus
par leur holocauste sur l'autel de la patrie, se font les
avocats de la miséricorde de Dieu pour la France. Pour

nous la miséricorde, c'est la victoire. Cette victoire, selon le mot de Bossuet, ils prouvent à Dieu qu'il nous la faut donner. Ils pressent, ils sollicitent, ils convainquent, eux aussi, et pour cela, ils montrent leurs blessures récentes, et toutes vermeilles de leur sang répandu.

Ma tête, Seigneur, fracassée au sortir de la tranchée, la voilà pour la victoire !

Mon bras, ma jambe emportés par la mitraille ennemie, les voilà pour la victoire !

Mon cœur percé d'une balle, le voilà pour la victoire !

Les lambeaux de ma chair émiettée, pulvérisée par l'obus qui a fait de moi un disparu, les voilà pour la victoire !

Tout le sang qui a coulé de ma plaie béante sur ma capote bleue, le voilà pour la victoire !

Et si cette offrande, Seigneur, était impuissante à plaider efficacement la cause française, permettez-moi d'ajouter :

Je suis tombé, Seigneur, pour *la vérité*, car il est vrai que j'ai défendu mon pays contre l'envahisseur, et que Guillaume II, son chancelier et son peuple mentent impudemment quand ils affirment que cette guerre, ils ne l'ont pas voulue.

Je suis tombé pour la *Civilisation chrétienne*, qui est celle défendue par les alliés contre la barbarie sacrilège qui a failli devenir maîtresse de l'Europe.

Je suis tombé pour l'*Honneur* ; de l'honneur, eux, ne connaissent ni le mot ni la chose ; après avoir renié leur parole, déchiré les traités signés par eux, ils s'apprêtent à enrôler le parricide et le fratricide sous leurs drapeaux, en décrétant qu'en Pologne, dans les tranchées qui se font face, un fils tuera son père, un frère tuera son frère.

Champion de la *Vérité*, je fus celui de *votre Pensée* qui est la vérité éternelle.

Champion de la *Civilisation*, je fus celui de *votre Bonté* qui a répandu sur le monde les bienfaits évangéliques dont la civilisation contemporaine a conservé l'empreinte.

Champion de l'*Honneur*, je fus celui de *votre Beauté* : car l'honneur n'est que le rayonnement des splendeurs de votre majesté.

Et puisque en mourant pour mon pays, je suis mort pour votre Pensée, votre Bonté, et votre Beauté, je suis mort, en quelque façon, pour vous, Seigneur.

Vengez donc votre Pensée blasphémée par l'Allemagne.

Vengez votre Bonté reniée par tous ses crimes.

Vengez votre Beauté souillée par ses infamies.

Vengez-moi, vengez la France, et faites que les lauriers conquis par l'Allemagne depuis 28 mois, ne soient plus, demain, que des cyprès !

\*\*\*

Si j'ai entr'ouvert sous vos yeux pleins de pleurs, le Ciel où se reposent vos bien-aimés ; si j'ai fait entendre à votre cœur déchiré un écho de leur céleste langage, c'est pour vous persuader de ne *jamais les oublier*.

Bien vivants dans les cieux, il faut que vos morts le restent dans votre amour. Car si les morts en temps de paix vont vite, en temps de guerre ils passent comme la tempête. Il ne tient qu'à vous que vos morts ne soient jamais des morts. Ils ne sont pas morts à l'heure où on les a descendus dans la fosse creusée, en hâte, sous la mitraille ; ils ne mourront vraiment que dans la mesure où ils descendront dans l'oubli. L'oubli seul consomme l'irrémédiable séparation. Ils ont besoin d'amour et de prières comme les vivants. Aimez-les et priez pour eux : ainsi vous ne saurez pas ce que c'est qu'une tombe. Il n'est pas de tombe si définitivement scellée dont le souvenir qui prie ne soulève la dalle. Il n'est pas de tombe si profondément creusée dont l'amour agenouillé ne disperse la tragique horreur.

**\*
\***

Nos morts ne seraient qu'imparfaitement honorés si devant leurs restes et ce catafalque funèbre, nous n'acceptions pas pieusement les leçons qu'ils nous donnent. Il faut que de cet office religieux nous sortions *meilleurs* : dans *notre Foi*, dans notre *vertu morale*, dans notre *confiance patriotique*.

Meilleurs dans notre *Foi religieuse :*
Avant la guerre, l'impiété avait provoqué d'incalculables ravages dans la conscience française. L'apostasie nationale était la suite fatale de la guerre faite à Dieu, à son Christ, à son Eglise. Nous étions devenus en France une nation sans Dieu avec toutes les tares qui découlent de cette négation. La rafale de l'impiété avait notamment emporté la croyance en l'immortalité de l'âme, et l'adoration due à la Croix du Christ. La chair était la souveraine du monde ; comme telle, elle voulait pour elle seule les adorations humaines. Le Christ adoré sur sa Croix la gênait. Elle se substitua sur les autels maudits de l'irréligion au culte de l'âme immortelle, et à celui du Christ en croix.
Et voici que Dieu dans sa miséricorde, — je ne dis pas dans sa colère, — je ne dis pas dans sa vengeance, — je ne dis pas par mesure de représailles, — je dis

bien : dans sa miséricorde, a « *utilisé* » les événements sanglants de la guerre pour réapprendre à notre France ce que les vautours de l'impiété lui avaient volé : la Foi en l'âme immortelle, l'adoration de Jésus en croix.

Oui Dieu a « *utilisé* » les tombes de nos soldats. Il a agenouillé la France et ses impies sur l'herbe qui les recouvre. Il a incliné tous les fronts devant les petites croix de bois blanc surmontées du képi des morts. La France mise face à face avec les morts et leurs croix s'est retrouvée croyante. Et je mets au défi l'esprit le plus sceptique, le plus sectaire qui a parcouru ou qui parcourra les cimetières immenses qui avoisinent le front des armées de reprendre à son compte les paroles que Victor Hugo, dans *Hernani*, met sur les lèvres de dom Carlos agenouillé sur le tombeau de Charlemagne :

« Quoi donc avoir été prince, empereur et roi !
« Avoir été l'épée, avoir été la Loi !
« Avoir été plus grand qu'Annibal, qu'Attila !
« Aussi grand que le monde et que tout tienne là !

Oui je les mets au défi, en regardant les tertres verdoyants sous lesquels ils reposent, de dire des héros de la Marne, de l'Yser, de la Somme et de la Meuse, que tout tienne là !

Que tout tienne là ! de ceux que nous avons tant aimés qui ont rempli nos cœurs de tendresse quand ils étaient vivants, et qui de nos vies ont fait un désert, maintenant qu'ils ne sont plus !... Non, cela n'est pas !

Que tout tienne là ! de ce fils qui n'a fait pleurer sa mère que le jour où la mitraille le faucha, de cet époux qui ne cessa de donner à sa femme une joie loyale et sans ivraie, de ce père qui ne vécut que pour le bonheur et le bien-être de ses enfants..... Non cela n'est pas !

Que tout tienne là ! de ces héros qui ont arrêté l'invasion barbare, qui ont accompli des prodiges de guerre, qui ont rempli la France de fierté et l'Europe d'admiration, qui ont été plus grands que des princes, des empereurs et des rois, qui remplirent l'histoire de leurs fantastiques chevauchées. Que tout tienne là ! dans ces tombes creusées le long des routes, au bord des rivières, à l'ombre des grands sapins..... Non, non, cela n'est pas !

Et j'entends l'incroyant dire humblement : Oui, je crois que ces héros ont une âme immortelle ; je crois que c'est leur âme qui les a fait voler au secours des frontières envahies le 2 août 1914, qui a mis dans leur poitrine des résistances d'acier, qui a provoqué en eux une endurance à la hauteur de tous les sacrifices, qui leur a fait aimer passionnément le drapeau, qui les a élevés aux sommets de l'héroïsme, qui leur a fait accepter la mort en s'écriant, dans leur dernier soupir : C'est pour la France !

Je crois aussi que leur âme si belle a trouvé dans les deux bras de la Croix qui s'élève sur leur tombe les deux ailes rédemptrices qui l'ont portée chez Dieu. Cette Croix, que dans un jour de folie j'ai méconnue, blasphémée, profanée, cette Croix qui a été plus forte que ma haine, plus résistante que mon impiété, je la retrouve sous mes yeux, placée par la guerre comme une sentinelle silencieuse, veillant sur le sommeil des morts, en attendant leur résurrection ; cette Croix, je la salue avec respect, je la porte à mes lèvres pour la baiser, je l'adore. *O crux, Ave* !

Meilleurs dans notre moralité.

Nos morts veulent être honorés par l'austérité de notre vie morale. Les mœurs pour être austères et pures exigent de secrètes immolations. Scandaleuses à l'excès

furent les mœurs publiques avant la guerre. Le déver-
gondage s'étalait sans voiles, dans la rue, au théâtre,
dans les lieux de plaisirs. Le luxe féminin avait dans bien
des milieux, abaissé la moralité au niveau qu'avait
atteint la décadence païenne quand le Christ souffla
sur le monde le vent régénérateur de la pureté. Désormais, ces excès doivent prendre fin. Il n'est pas admis-
sible que nos héros aient rougi de leur sang nos prés,
nos forêts, nos collines, sans que leur immolation ait
réussi à pénétrer notre chair pour la discipliner et la libérer de honteuses passions. On ne conçoit pas que la
balle qui transperça leur cœur, n'ait pas brisé dans le
nôtre de coupables amours. Ils se sont ensevelis dans
un linceul de gloire pour que nous ne nous endormions
pas sur un grabat de corruption. Ils sont tombés au fond
d'une tranchée, pour que nous ne tombions pas dans les
bas-fonds des plaisirs charnels. Ils se sont effondrés
dans une flaque de sang, pour que notre honneur in-
time ne s'effondre pas dans une flaque de boue.

Allons, en route, pour une vie plus sage, plus aus-
tère, disons le mot, plus sainte. Quand on voit étendus
dans la mort plus d'un million de soldats, on n'a pas
le droit d'être des chrétiens vulgaires et sans honneur, de
prolonger dans sa vie une médiocrité voisine de l'in-
dignité. Des entrailles même du sol national monte une
odeur inconnue jusqu'ici : l'odeur du sang de nos héros :
odeur toute parfumée d'héroïsme. Allons-nous donc répandre à travers le monde l'odeur fétide de nos pourri-
tures morales ! Et parmi les femmes, qui pourtant dans
leur ensemble, furent admirables de magnanimité et
de dévouement, en verrons-nous encore, pendant que
le sang coule à flots, pendant que l'odeur du sang pé-
nètre partout, en verrons-nous s'imprégner de ces parfums significatifs et scandaleux qui résument et la lé-

gèreté de leur conduite, et l'impudeur de leur toilette, et l'odieux de leur irréductible coquetterie : parfums de volupté et de libertinage que je dénonce, parce que le Saint Evangile me semble avoir prononcé sur eux le mot qui les flagelle (1). « *Ut quid perditio hæc ?* » Pourquoi perdre tant d'argent à les acheter ? » « *Potuit enim istud venumdari multo et dari pauperibus* » : « Le prix qu'ils coûtent eût permis de secourir bien des pauvres » : des pauvres de la guerre !

Meilleurs dans notre confiance patriotique.

La guerre est terrible par les hécatombes de nos morts ; elle l'est plus encore par sa durée. Les timides, les faibles de l'arrière, ceux que l'apôtre saint Paul appelle dans son impitoyable langage « imbecilles » (2), ne comptant qu'avec leur égoïsme, qu'avec leur impatience de reprendre la vie de plaisirs interrompue par le fracas des batailles, à force de gémir, de se plaindre, de dire : « Que c'est long ! », finissent par prononcer, à certaines heures, cette parole odieuse : « C'est trop long ! »

Mais non, rien n'est trop long pour la victoire ; rien n'est trop long pour l'assurer. Vaincre ou mourir, la France n'a pas d'autre choix à faire. Pour ne pas mourir, pour vaincre, elle met sa confiance dans ses morts. Elle sait qu'en face de l'effort suprême de l'Allemagne contre elle et ses alliés, au jour prochain où le printemps chantera dans l'azur de son ciel le poème de sa lumière, ses morts, sous terre, combattront encore.

Des Flandres jusqu'aux Vosges ; de Nieuport à Belfort, sur un front de plus de 400 kilomètres, nos morts

(1) Saint Matthieu. Chap. XXVI, V. 8.
(2) Saint Paul. Epître aux Corinthiens, Chap. XI, V. 30.

constituent un autre front, parallèle à celui des vivants. Ce front des morts est une longue voie sacrée qui suit les tombes placées côte à côte à raison de trois par mètre : front serré, dense, inviolable, que les Allemands ne perceront pas plus que le front des combattants. Si jamais les vivants qui font la guerre, parfois sur des terrains ensemencés de cadavres, venaient à fléchir, les morts, déchirant leur suaire, soulevant le mètre cube de terre qui les couvre, sortant leurs grands bras décharnés et noircis par les décompositions du tombeau, retiendraient, s'il le fallait, par les pieds, les soldats inquiets et prêts à un recul. Pendant que nos combattants se sentiraient cloués au sol par cette étreinte des doigts crispés de nos morts, ils entendraient monter du fond des tombes une voix impérieuse qui leur dirait : « Vous avez donc oublié que Joffre a dit, le 6 septembre 1914, qu'il faut se faire tuer sur place plutôt que de reculer. » « Faites-vous tuer pour la France, c'est votre devoir. Le devoir qui sait mourir est toujours victorieux. »

Puis, si l'Allemagne réussissait à ébranler le front des vivants, alors revivrait parmi nous la célèbre vision d'Ezéchiel (1). Nous verrions, comme le prophète l'a vu de son temps, tous nos morts reprendre leurs ossements desséchés : *ossa arida ;* dresser leurs squelettes face à l'ennemi : *et steterunt super pedes suos ;* constituer une formidable armée : *exercitus grandis nimis valde.* Et tous, de leur voix d'outre-tombe, crieraient à l'envahisseur : Halte-là ! on ne passe plus ! on ne tue pas deux fois les morts !

Sous la double poussée des deux armées : du visible et de l'invisible, des vivants et des morts, les Allemands

(1) Ezechiel, Chap. XXXVII.

comprendraient que vaincre la France et ses alliés est
une chimère désormais ; ils comprendraient qu'ils ont
bien pu nous mettre en deuil, tirer de nos yeux des flots
de larmes, briser nos foyers, ravager nos villes et nos
champs, mais qu'ils n'ont jamais pu étouffer dans nos
âmes le cantique de la victoire ; ils comprendraient
qu'ils ont pu contraindre la France à ensevelir des mon-
ceaux de cadavres, mais qu'il leur est interdit d'en-
terrer la France. La France, elle, on ne l'enterrera jamais !

Oui, grâce à nos morts, sonnera l'heure où nos drapeaux frissonnant au souffle de la victoire présideront
à la suprême chevauchée nationale. Grâce à nos morts,
les Anges de la France, graviront en chantant les degrés
d'une nouvelle échelle de Jacob : échelle lumineuse dont
la base baignera, hélas ! dans le sang de nos morts, mais
dont le faîte baignera dans l'azur du triomphe. Alors,
enfin, se réalisera la divine parole de l'Apocalypse (1) :
*Bestia*, la bête, la bête allemande — *coccinea :* rouge,
toute rouge de ses atrocités et de ses crimes — .....
*Mirabuntur inhabitantes terram :* tous les peuples de la
terre seront dans l'étonnement. Pourquoi ?..... *Quia
bestia*, parce que la bête. Eh bien ! *Quæ erat*, qui était,
debout, puissante, redoutable..... *Non est*, n'est plus.....
elle est abattue à tout jamais !

*<br>* *

J'ai fini. Mais je ne puis me taire, sans saluer bien bas
les familles que je vois si nombreuses, ici, revêtues des
livrées du deuil national. Je vous salue, comme on salue des héros : vous l'êtes, en effet ; la mort de vos bien-

(1) Chap. XVII, V. 8.

aimés n'a abattu ni votre courage ni votre patriotisme.
Je vous salue, comme on salue des saints : vous l'êtes,
en effet ; votre douleur, jointe à celles de Notre-Seigneur
Jésus, a sanctifié vos larmes, auréolé vos sacrifices. Je
salue, en particulier, la famille Lefranc dans le cœur
de laquelle, la guerre a enfoncé plus cruellement son
sanglant aiguillon : cinq morts, un prisonnier, deux
blessés, quatre membres encore au front ! Quel martyre
pour cette famille, mais aussi quelle gloire ! à elle,
s'adresse plus pleinement cette parole de Louis Veuillot :
« Osons le proclamer ; heureuses malgré leurs deuils,
sont les familles dont le sang coule dans le grand tra-
vail de la patrie ! »

Pendant que je vous parlais de vos morts, j'ai vu
filtrer votre pensée à travers votre paupière mouillée
par le chagrin ; elle s'en allait vers le petit coin de terre
inconnu de vous, où repose l'être chéri que vous pleu-
rez. Que je vous plains de ne pouvoir faire autrement
que par la pensée le pèlerinage de la douleur ! Comme
je comprends quelle consolation ce serait pour vous de
pouvoir bercer votre angoisse près du cher mort que
vous avez si souvent bercé par votre tendresse ! Je
vous souhaite de pouvoir bientôt aborder la tombe qui
attend votre visite, et de répandre au pied de la petite
croix de bois, vos prières avec vos agonies. Quand vous
vous relèverez, vous serez après cette entrevue avec vos
morts, plus forts, plus résignés. Ne pouvant ramener
leurs ossements, rapportez au moins la petite croix qui
a abrité de son ombre salutaire le sommeil de vos enfants. Cette petite croix vous l'arracherez avec un infini
respect de la glèbe où par un compagnon du mort, au
jour de son trépas, elle fut plantée. Cette petite croix
qui sera recouverte de mousse, qui aura subi les pluies
d'automne et les neiges de l'hiver, qui aura été ébré-

chée, mutilée par la mitraille des combats, rapportez-la chez vous comme une relique sacrée. Donnez-lui dans votre foyer brisé une place d'honneur. Devant elle se récitera la prière de la veuve et des petits enfants. Devant elle se racontera la grande guerre qui aura tué le bien-aimé. Devant elle se répandront les larmes de la douleur, et s'accomplira la marche quotidienne au Calvaire. A cette petite croix vous suspendrez vos chagrins et vos désolations. Ses bras étendus les porteront jusqu'à Dieu qui les récompensera même dès ce monde, en les faisant servir à la gloire de la France : gloire sans tache, faite d'abnégation et d'esprit chrétien. « Gloire qui semble déjà s'allumer dans l'éternité, ainsi qu'une étoile qui serait faite de tous les derniers sourires des héros morts pour la Patrie. »

E. SIRECH,
*Aumônier des Lycées de Lyon.*

LYON. — IMP. EMM. VITTE, 18, RUE DE LA QUARANTAINE.

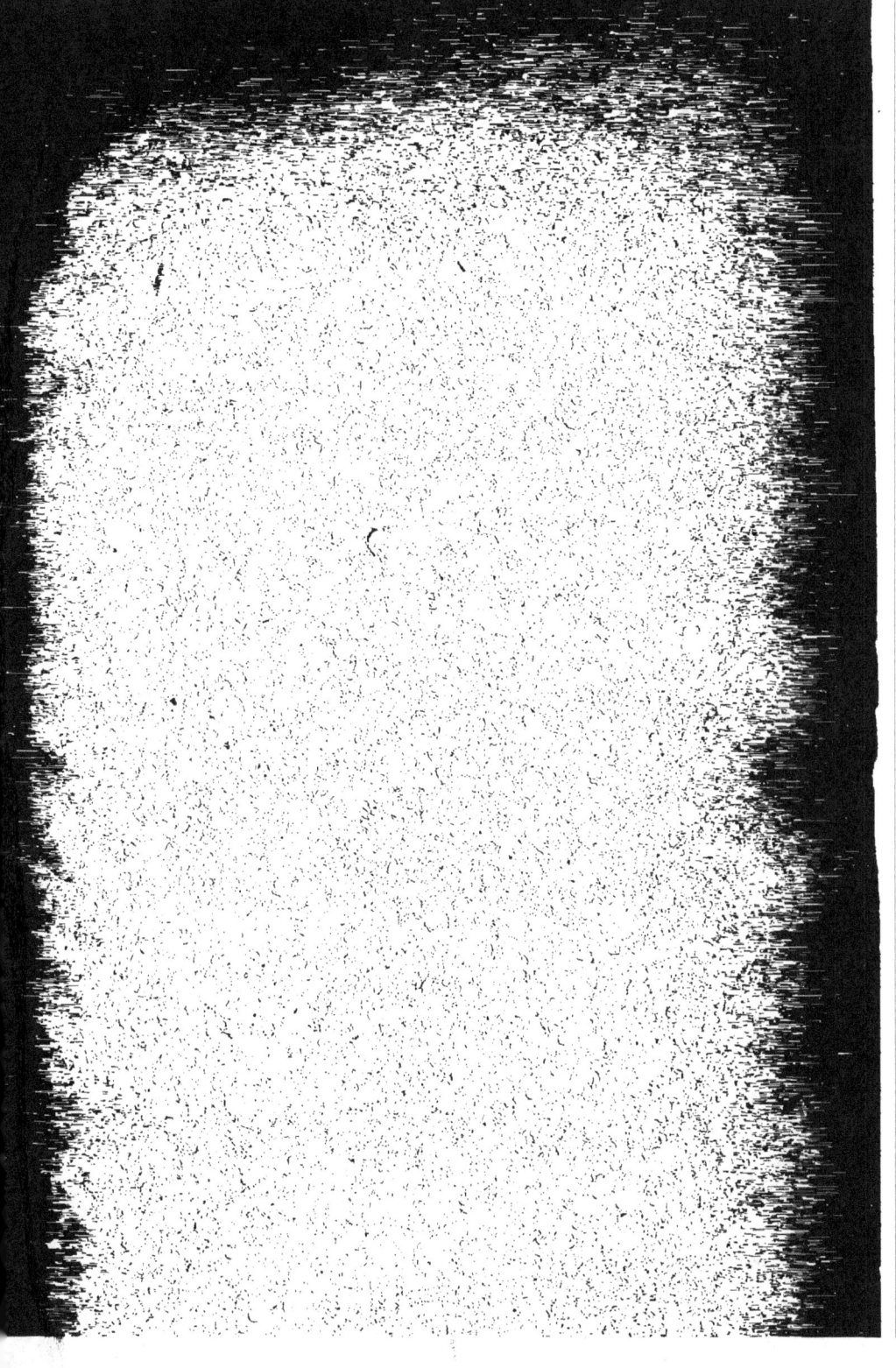